HAYMON verlag

„Muss mich aufmachen. Wüsste ich nur wohin.
Einerlei wohin. Ich bin ein Vagant.“
Paul Nizon

ein lump hat leicht tanzen

sag an villon komm sprich mit mir
was tun wenn alle stricke reißen ich
häng im echo meiner worte kann
mich selbst schon nicht mehr hören

was tief in meine kehle schneidet
ist ein lied aus herkunftszeichen die
frucht der furcht amygdala treibt
uns beide vor sich her nicht lang

von heimat wollen wir schwafeln
im unterwegssein da ist zukunft so
folge ich den flugbahnen der mandel
als vagant in deinen strophen mal

balladesk mal pathosschwanger
baumle ich in angstgelegter schlinge wie
schwer mein arsch am hals doch wiegt
ich spürs villon komm sprich mit mir

hummeln halleluja hummeln im hintern
sie wechseln mir die anschriften im alphabet
der straßen die mich durchlaufen pulst es

karantanisch mein herkunftsland und ist
so gut wie jedes andere mir nur ein grund
das weite zu suchen ehe dessen widerpart

mich einschnürt in fraglicher etymologie
finde ich ein tauriskisches erbe überlagert
von römischen kohorten die marschieren

an bord der schiffe die in der geschichte
versinken und ich stochere die meere ab
nach fluren die mich windisch auflesen

zu einem kribbelnden haufen aller anfang
ist ein stab den du über mich brichst neugier
deine ameisen tragen mich nach collmiza

collmiza also und du so nah sohn
des zeus und der alkmene
ein verrückter haufen wart ihr schon
nichts wofür ich euch beschäme
ausgerechnet hera gab dir die brust
deinem biss entsprang die milchstraße

das ist hokuspokus entbunden der lust
den kosmos zu ermessen mit emphase
die ratio trägt steinkäuze nach athen
und an federvieh wird es nie mangeln
das mag wer will auch nicht verstehn
der mythos möchte mit mir rangeln

denn realität ist viel schwerer zu fassen
aber wirklichkeit ist eine andere tapete
heute füllen deine taten kinokassen
lange stand dein name für eine rakete
abwehrsysteme sind immer in mode
doch ihr götter habt ausgeschissen

wir sparen eben unsre hirne zu tode
ein paar tafeln protzen noch mit wissen
auf dem danielsberg hoch über kolbnitz
spreche ich mit dir recht unterschwellig
leer ist der himmel ohne zeus'schen blitz
und dein sternbild herkules so unauffällig

elfenmühlen malen gedanken
an die innenwände der augen
ein stück brot bestrichen mit

gemurmel kaum dem mund
eingeschoben käust du sie
wieder die orale tradition hörst

magisches brimborium
voll knuspriger hoffnung
und gebuttertem verlangen

bald nur noch laute
im staunen gebacken folgst
dabei lediglich deiner hand

mit geschlossenen lidern
einen schalenstein hinab
gut sechstausend jahre tief

es mühlen die klappern am bachenden rausch
so verblöden einen die lieder bei jedem refrain
lauf ich aufgespult in den strophen grüner jahre

durch dörfer wo das abwandern des müllers
größte lust sein musste in musealer manie
rotieren die flodern am wegrand hier war leben

eines das kreuzweh verschuldete verschweigen
die broschüren werben mit bemoosten giebeln
und lärchenen urahnen aller turbinen für die

heimstatt neptuns und der tritonen wie ein
reisender einen der weiler einstmals nannte
das tor zum mölltal im visier und genarrt vom

schauspiel des winds der die abstürzenden
gewässer vollends zu einem gussregen über
die häuser peitschte in armseliger theatralik

rotzen plakatnasen bäche jetzt ins rechte licht
zerfetzen im generalbass ewiggestriger strophen
die logische wortfolge der geschichte und ihre

mühlen klappern mit reißwölfischem gelächter
bei jedem refrain so verblöden einen die lieder
ist der verstand erst klipp klapp verscheucht

als grasten mir rinder die ohren ab
wenn ich kopfeinwärts mich horch
schellen kuhglocken mir almen
ins schauen spaziert die fetthenne

klaubsteinmauern entlang schnabelt
der waldstorch ihr hinterdrein und
kreuzlabkraut bewimpert mich so
wachsen mir die haare ein an denen

ein land mich herbeizieht als stete
eskorte und überwachungsorgan
stellen sie meine augen unter
quarantäne damit jedes abdriften

fiktion bleibt und ich nicht vergess
was mir noch im entferntesten blüht
rückt näher als wulfenia carinthiaca
gern kärntner kuhtritt auch genannt

dem ruf einer böhmin folge ich ans meer
bin zögling in der schule der geläufigkeit
mit einem hausierer gehe ich meiner wege
bald stehe ich vor einem katzensilberkreis

ein heimatbekenntnis fällt mir nicht schwer
denn die obengenannten wissen bescheid
in welche richtung ich die zukunft verlege
dafür liefere ich doch soeben den beweis

ferner hab ich hier auf nichts zu verzichten
ihr karantanischen lasst euch nicht lumpen
ich vergelte es unverzagt mit gedichten

in denen ich verzogen bin nach unbekannt
dort jedoch stemmt auf euch den humpen
un homme inconnu von beruf ein vagant

ein lump hat leicht tanzen am stecken
wenn ihm die angst vorm stillstand den
gaul aufzäumt so komm ich herum im

land von chimären geritten und hinab
zu den überresten des antiken teurnia
wo meine zukunft längst begonnen hat

und schnittstellen definierte prototypen
legte sie an wie mich gedanken jetzt
zum steigbügel machen für ein paar

strophen zwischen therme und forum
flanierst du durch meinen kopf mit
busch und seinem steckenpegasus

indes der wind durch die ruinen streicht
staub klaubt er sich auf für ein pressantes
ringelreia weiß ich kann dich nicht

fortschreiben von diesem ort der
bruder der chimäre bellt als kerberos
uns sein willkommensständchen hier

ich hab mit dir so wenig am hut wie du
mit mir und doch trag ich dich am kopf

als gedankenband und kindheitsmütze
die mir jeder blick grundloser stirnwärts
zieht indes in meinem rücken ein ort

in dokumente wächst die den ersten
atemaufriss meiner lunge verbriefen

und in den filigranen rahmen die sich
das schauen schreinert die kirche ein
haus die nahe möll auftauchen geh ich

in schuhen denen ich entwachsen bin
durch einen in sprache ausfransenden

morgen dem eine turmuhr den atem
anzählt rasch über wiesen vorbei an
leergedroschenen feldern trete ich aus

den bildern unterlaufen von anderen
die so wenig hierher gehören wie ich

dort wo ich aufwuchs in den siebzigerjahren
gab es nie juden aber noch manchen hitlerbart
der uns fratzen zitat das gas abdrehen wollte
so lernte ich früh die heimatgeschichte kennen

im dorf gezählt drei linke mit zotteligen haaren
lediglich in plattitüden bemüht um gegenwart
bauten sie gras an in vorfreude auf die revolte
so lernte ich früh was es heißt sich zu verrennen

gäste waren die zukunft fremde lediglich käuze
las einer freiwillig gedichte galt er als abgeirrt
und ahnungslos wie man sich ansässig mitteilte

sonntags krochen frauen und kinder zu kreuze
die männer psalmodierten der herr ist mein wirt
so viel zu den lektionen die mein land mir erteilte

neunzehnhundertfünfundsiebzig
haben sie einen eingegraben dort
in mühlheim an der ruhr standen
ihm spalier die schützen war er
doch nicht irgendwer einst zu gast
im führerbunker aus den büchsen
ehrensalven dem gauleiter ein ade
während uns die schulbank drückte
neunzehnhundertfünfundsiebzig
und noch viele jahre später
nahm tirol uns in die pflicht
ein mann mit bart im bauernrock
der napoleon das fürchten lehrte
so erfuhren wir vom einen
hofer alles vom anderen nichts
im fernen mühlheim an der ruhr
dort liegt der hund begraben

ob schnallenschuh ob heckeinsteiger
den stiefel wurden wir nicht los mehr
schliff auf die kante näher ran an die
    tore zweiter ist letzter das galt hier
immer so regular oder goofy einerlei
auf dem brett und nichts bessres als
die erste line ins tal zu ziehen derart
    vom schnee genommen nächtelang
unterm glaskugelhimmel gezimmerter
dorfdiskotheken wuchs der flaum
unseren bärten ins wirtshaus voraus

wir sind uns nie begegnet maria
doch der schotter unter deinem schritt
mahnt zu hellhörigkeit und schabt ein bild
in den nachmittag zu sehen ein kiesweg
entlang einer ache ein paar stadel grau
geschliffen vom wind und auf dem berg
eine kirche hinter deren bleistiftturm sich
hügel himmelwärts rollen auf der sonnseite
des tals das postenkommando liegt
im schatten hast dich dort einzufinden
abgeschoben in die gauhauptstadt und
in einen zug verfrachtet mit anderen
aus dem zigeunerlager im dorf meiner
kindheit sind uns nie begegnet maria
hör den schotter unter deinem schritt

von dreister unschuldshand gedüngt rasch
wuchs das gras und es grünte maienfroh
in der braunen mark die kühe mampften
wieder österreichisch so lässt sich das nicht
sagen der einzige wiederkäuer sei ich und
schaue doch bloß aus dem fenster auf der
gegenüberliegenden straßenseite ein
schmuckloses haus hier wohnte hermine
plötzlich sara geheißen nie mehr gesehen
und jetzt pass mal auf ruft die gegenwart
pilatus wäscht dir die schmutzigen finger
was aber sollte das an tatsachen ändern
hermine goldfarb und maria schmidt
zwei namen auf der langen liste jener die
am sechsten februar vierundvierzig sterben
mussten auf geheiß des unholds und seiner
tausendjährigen brüder und schwestern
die geschichte meines landes der dome
führt über die totenbücher von auschwitz

vom straßenrand aus den pfarrer gesehen
hoch zu ross die monstranz vor der brust
und jede menge hüte wippende federn die

augen groß und weit die nüstern unter der
blonden mähne eine touristenattraktion
wie der almabtrieb als depesche aus dem

dreißigjährigen krieg melchior sternfels von
fuchshaim lässt grüßen und vom brauchtum
spreche ich vom antlassritt bis hierher und

nicht weiter kamen die schwedischen reiter
bezeugt eine inschrift auf der kapelle am
klausenbach anno sechszehndreiundvierzig

ward kein soldat gustav adolfs hier erspäht
aber was sagt das schon aus ich bleibe eben
ein simpel und haflinger sind schöne tiere

spät kommt die einsicht aber auch mir
wurde der blick verwaldet wenn ich
fern der grasberge eben diese sehe
reißt der himmel auf in alfonsinischer
bläue kräht der winter sich zum
städtchen im korb meiner gedanken
und der schnee häutet zwiebeltürme
bis eine sehnsucht mich bestürmt und
verkäme sie nicht wie alles notgedrungen
zum klischee irgendwann muss es schön
gewesen sein in aurach und umgebung
mitte der zwanzigerjahre die sterne
eine ferne verheißung und nicht
auf den hauben geliehener benze

dem führer auf den schnauz geschaut

neun tage nach der hochzeit
hat man nichts besseres zu tun aber
stopp und lieber noch mal von vorn
der himmel meint es gut heut mit uns
der apfelstrudel mundet die melange
nicht ganz so cremig wie in wien doch
die bedienung freundlicher mit gästen
weiß man hier umzugehen sie sind die
geschenkten gäule auf den weiden
in die der schwarzsee sich bettet und
dass mir vorhin der obersalzberg
vor augen trat rein unserem gespräch
übers wetter geschuldet wie gemacht
für einen werbefilm lenchen griff nach
der tasse wo wir gerade unsre beine
ausstrecken und jetzt lass uns den
blick auf den wilden kaiser genießen

oft denk ich an kabeltrommeln
fallen die worte gams und kamm
seh mich stapfen an den händen
kabeltrommeln bis zum knie

vom helikopter zum ü-wagen
am netzwerk hängt die seidlalm
stative dann zur alten schneise
für ein bisschen geld im sack

mach ich auch beim abbau mit
schlepp alukoffer mikrofone
so verrauscht ein wochenende
fallen die worte hahn und stadt

denk ich oft an kabeltrommeln
dies hier ist mein kitzbühellied
seh mich stapfen an den händen
kabeltrommeln bis zum knie

hörst du la montanara die berge sie
grüßten uns vom kinderzimmer aus
erblickten wir die hänge auf denen

rennfahrerträume uns talwärts trieben
mit jedem schwung ein bisschen weiter
aus dem kindsein hinaus und hinein in

die angst vorm erwachsenwerden das
schlimm sein musste wenn wir unsere
eltern ansahen die sich in uns suchten

und nur unverständnis für sie fanden
bis sie in die eigene jugend absackten
zwischen bomben ruinen und unsere

großeltern die wir ihnen vorwarfen
hörst du la montanara die berge sie
wachsen als steine uns in die schuh

in der davenstedter straße

rauf und runter eine kindheit lang
in den reden der verwandten
ein halbes pfund vom nacken
          immer fingerzeigen nach ich sah
          den häusern den vater nicht an
dort hinten gab es einen schlachter
und unvermeidlich rauf und runter
warte warte nur ein weilchen
          eine kindheit lang lernte ich
          haarmann kennen nicht aber
ein leben auf vergilbten fotografien
eine familie bei tisch nach dem krieg
kam pferdefleisch auf den teller nicht nur
in der davenstedter straße hannover linden

sechs tage vier stunden
gibt der routenplaner an und warnt
vor mangelnden bürgersteigen
über magdeburg halle oder

über bitterfeld leipzig
mit den kindern im gepäck
war für reue wenig platz ein
koffer voll zerbombter

jahre unterm doppelten boden das
ehrenkreuz der deutschen mutter
neunzehnhundertfünfundvierzig

von der ihle an die drau
sieben mal umsteigen in elf stunden
die schnellste verbindung heute

warum so in der vergangenheit stets
was gibt es neues in den alpen welche
drogen gehen heute über den tresen
mit charlie und speed sind wir aus der
kindheit geflogen die tüten walzten
ohnehin reihum ein paar schneisen
mehr die hotels nicht kleiner geworden
und es sind immer noch die gleichen
reden mit der zeit gegangen und leicht
variiert wer den ossi hat braucht für
den ösi nicht sorgen sagte neulich ein
kellner akademiker im dauerloop schob
meth und xtc über die budel also alles
beim alten in den bergen fragen von
typen wie dir nervten damals schon

noch nie dachte ich beim pinkeln an dich
blinder sänger aber die zeiten haben sich
geändert bis in die elementarsten belange
eine gruppe von menschen ohne anführer
nanntest du die anarchisten deren zeichen
mir vor augen trat auch die einkreisung
eines buchstaben ist eine blockade aber nie
dachte ich bei geöffneter hose an dich
und fühlte mich so seltsam erleichtert dabei
las ich nur diesen spruch über der pissrinne
einer kneipe in krakeliger schrift stand dort
ich bin kein berliner ein grieche bin ich

wir hatten homer nicht gelesen und
waren doch variation seiner verse
als der mai uns bestellte
    holte niemand uns ab

schlich sich in unsere sätze
und schickte uns auf odyssee
durch eine empfindung

mit der wir nicht zurechtkamen
vor uns ein ungetüm
und wir polyphems antipoden

mit geschwätz ließ sich in
abenteuern bestehen nicht aber
in der sehnsucht wir hatten

homer nicht gelesen doch penelope
schaute uns über die schultern
als der mai uns bestellte
    wir ahnten nicht wie

auf dem schulklo bei einer zigarette
schwatzten wir über die fuck machine
fällt mir ein während ich vor ihnen stehe

vor mehr als einem vierteljahrhundert
saß ich in dieser klasse nun soll ich erzählen
wie alles begann mit dem schreiben und so

poetry is what happens when nothing else can
höre ich mich sagen nur arschlöcher reden
über literatur wirft hank plötzlich ein und

ich deklamiere ein paar strophen die besten
pillen gegen die zumutungen des lebens
täglich ein gedicht und sei es ein dreizeiler

jeder gang auf die toilette koste mehr zeit
aber wie man denn dichte werde ich gefragt
bukowski lehnt grinsend in der tür don't try

morgenluft witternd nach aguntum hinein
polonius kommt mir entgegen is it the king
und verschwindet wieder hinterm vorhang
aus angelesenem mediterrane bauweise
als befände man sich in pompeji und nicht
an den abhängen der lienzer dolomiten
einer landnahme folgt stets die folklore
wir hopsen in den togen zum römerfest
über dem areal der ausgrabungsstätten
ins hügelige gepflügt die türme zweier
kirchen einer dreihundertseelengemeinde
unübertrefflich umwandert vom paradies
für golfer erfahre ich abends im gasthaus
blättre in einem prospekt und stoße auf
das municipium claudium aguntum sehe
hamlet jetzt der vor seinen schöpfer tritt
infos einfordernd zum römischen princeps
während es nebenan um platzreife geht

wer schnitzt solche leben zu krippenfiguren
unterm getäfelten himmel verholzen gebete

bin nie heimisch gewesen in solchen motiven
in dunkler grammatik bestellen sie acker und
scholle archetypen vermeintlich missbraucht

von späteren jahren ich schlendre durch eine
ausstellung auf schloss bruck mit der butter

im kühlschrank ist leicht reden von vergifteter
heimat und ablaufdatum so holen sie mich ein
die gedanken an eine kindheit und saugen die

milch aus dem tetrapack in die euter zurück

albin-egger-atmosphäre hoch überm drautal
in einem abgelegenen gehöft dreharbeiten
der bauer flankiert von den seinen bei tisch
speckknödelsuppe wies zu befürchten stand

ich verweigere entschlossen und sehr jovial
würgte an den klößen schon in grünen zeiten
außerdem sei heut freitag ich hoffte auf fisch
die runde finstert als sei ich nicht bei verstand

drum pfeif ich beim pregler danach aufs fasten
wische mir gekonnt mit dem ärmel den mund
gelte aber weiterhin nur als städtischer pinkel

bis der regisseur sagt das hätten wir im kasten
der landwirt wie ich lachen erleichtert auf und
der herrgott zwinkert uns zu aus seinem winkel

aufgepinselt in barocker überfrachtung die
wolken über dem gebirgsmassiv bunt sind
die jacken und atmungsaktiv die gesichter

von anstrengung befeuert auf historischem
rundweg misst sich zeit in sohlenlängen
kiesel rieseln übern hang und furcht zieht

die uhr auf in schenkeln lautes ticken aus
der tiefe nach verlanden des steinschlags
ein echo eingenäht in uniformen lagen sie

gottergeben für den kaiser oder gegen ihn
in ihren gräben die wangen grau vor angst
am monte piana blick richtung drei zinnen

himmelherrgottscheißenochmal
so beginnt ein roman warum nicht auch
ein gedicht sind die anden doch nah
am fuß der nordkette und jede zeit

hat ihre mörder ich suchte sie
in büchern und archiven
folgte ihnen über den brenner
hinab ins schöne meranerland und

fand mich plötzlich wieder am
cerro catedral wachsgeruch in der
nase damit die bretter gut laufen
abends hörte ich sie dann plauschen

über so manch gelungenen schwung
freilich unterspült von nostalgischen
tönen fern des pulvers am patscherkofel
in san carlos de bariloche alta patagonia

hop sing war der erste chinese meines lebens
und wer dächte jetzt nicht an schweineblaten
ein wort und bonanza die titelmelodie im ohr
das hirn ein palimpsest wie de quincey sagte

frei von krankheit reicht ein zufälliges schaben
und die gerüche kehren wieder der sommer
unter einer schicht von jahren beginnt das
aufgeschürfte knie zu jucken die verletzungen

die man anderen zufügte haltlos gewordenes
vokabular mit neuem überschrieben und alles
abgeheftet hinter der stirn prärien sind dort
und die cartwrights reiten wenn ich über die

speisekarte mich beuge schaue dem kellner
hinterdrein der in der küche verschwindet alt
bin ich geworden und wie spräche hop sing
sie wohl aus meine bestellung frühlingsrolle

wird zeit dass sie abtreten die alten säcke
ziemlich unüberlegt aus heutiger perspektive
was man so hinrotzte auf halber wegstrecke
nun selbst angekommen am gipfel der tarife
aber noch jung genug für ein bisschen rabatz
am wochenende in geschützter werkstätte
vom jäger mutiert zum lustobjekt der hatz
doch weitergetanzt bis zur letzten pirouette
wie es die alten vorlebten und neiden nicht
schon die jüngsten den mittleren die gehälter
verdammt unbesonnen aus zukünftiger sicht
es heißt unsre gesellschaft wird immer älter

die maultasch und der falsche woldemar
ein brandenburger ludwig dazwischen
    mal gelernt und wieder vergessen
        alles wissen ist blüte am end

und doch ließ sich klimpern einige jahre
so manche rechnung gar begleichen
    die erinnerung prägt keine münze
        wie borges es trefflich nennt

zum blinden spiegel wird jetzt der fluss
die berühmte parabel des heraklit
    kann lediglich bejahen wer sich
        in reflexion wiedererkennt

noch gemahnt das hirn die lunge an die
treue schlägt das herz sich wacker
    und anstellig nicken die ärzte
        die hospize sind insolvent

überdies egal ob in collmiza kolbnitz oder rom
die himmelsboten in den kuppeln rücken näher
früher war dir jede kapelle kathedrale und dom
fühltest du dich aufgehoben beim allesversteher

vertrautest ihm nöte an deine schulischen sorgen
eine gute note war dir manches vaterunser wert
herzstärkend das aufwachen an einem julimorgen
die tage schienen lang und du liefst unbeschwert

weil beschützt von gott und hatte der keine zeit
standen doch freunde mit älteren brüdern bereit
zuletzt hatte es ja immer noch die eltern gegeben

die zahl der sommer groß wie kirchen dein mut
dein persönlicher cherub weiß es ist auf der hut
denn alles schrumpft auch die lust auf das leben

war es denn je anders als verschusselt
klein die courage und groß die goschen
vom spalt zwischen stühlen abgebusselt

und dort hinein fällt jetzt der groschen
da krauchte was und wurde gebändigt
die guten gründe lächelten voll gnad

ihr schuldschein war rasch ausgehändigt
und die glückshormone schrien verrat
alles hat man sich selbst verschandelt

war sich zu lange treu im zweifelkarzer
gescheit gedacht und dumm gehandelt
wies weitergeht lest nach bei grillparzer

stromern

dass ich nun vor dir stehe wie immer unrasiert
ist doch kein grund gleich alarm zu läuten
ich nehm dich in augenschein ganz ungeniert
und selbst das hat recht wenig zu bedeuten

da müssen wir halt durch ausbüxen gilt nicht
mit ein bisschen courage ist das zu schaffen
ein gespräch taugt zur liane auf kurze sicht
was sind wir anderes als alphabetisierte affen

es juckt dich der pelz das sorgt für atmosphäre
hart ists die eigenen ängste wegzuschummeln
abseits anonymer gremien und ihrer gewehre
um deren trigger sich vermummte tummeln

wir jedoch wollen es jetzt tête-à-tête machen
spuck getrost aus was dich an mir verdrießt
lade durch ziel genau lass es so richtig krachen
aber leg die maske ab wenn du auf mich schießt

ein gammler eben und du schaust entsetzt
als wärs meine idee gewesen dir von meinem
leben zu erzählen für ein fünfschillingstück

bekam man eine frittierte semmel kredenzt
mit ketchup schon klar und dann war die
schulzeit vorbei fing das lernen von vorne an

mit reisen und staunen und ort und impuls
solange der becher an einem vorübergeht
ist es nicht nötig auf seinen grund zu spähen

so wird man nicht weise und dennoch alt
tröstlich allemal dass die nase nicht vergisst
sitze dir gegenüber nach gammler rieche ich

wo zum teufel ist fluntern
im siebten kreis antwortete ich
und da war zweifel in deinem blick
ob es mit uns was werden könnte

du legtest die postkarte auf den
tisch zu sehen ein stock an ihm
ein greis in angewinkelter linker
hält ezra pound seinen hut

am grab von james joyce
ich schaute dir nach du zogst
canetti nicht aus dem regal und
wir schliefen miteinander später

erzählte ich dir von mördern
im siebten kreis den namen
dante verbat ich mir fürs glück
wir sahen uns trotzdem nie wieder

fahrig schon morgens und angezählt
von einem blick aus dem spiegel
warum sich die zähne putzen
wo doch der biss verloren ging

und wer stellt solche fragen wenn
nicht das röcheln der kaffeemaschine
als begleitmusik eines films dessen
rollen seit jahren vergeben sind

schön ist das leben und ungeheuer
abwechslungsreich die zukunft
reduziert auf einen klinikbefund

schwein gehabt säuseln horoskope
alles hat seine zeit mahnt der tag
und für alkohol ist es noch zu früh

mir selbst überlassen in einem waggon
der austrian federal railways
fahre ich durch den wilden westen
meiner flegeljahre wenig hat sich
geändert churchmountain ist immer
noch ein kaff und ein paar worte
genügen um zu wissen wo
das kriegsbeil vergraben ist im wald
wachsen bäume sich zu marterpfählen
und der fette streber muss mal
wieder dran glauben schon fliegt das
klassenzimmer ihm um die ohren
bis in die kniekehlen hinab
wuchert auf seiner hose der fleck
während wir jaulen und der jagdhund
springt an ihm hoch will doch bloß spielen
wir waren keine sieben und nur so
glorreich wie die filme die wir sahen
und hatte nicht auch kästner ach erich
der schaffner runzelt die stirn ich
sitze im falschen zug und
wünschte so sehr er hätte recht

für rosa-lou

aber kein tag an dem ich nicht an dich dächte
wie du alles befragst mit händen löffelgroß
dass man das leben über den mund begreift
ist so unwiderleglich wenn du ihn verziehst

schon schmeckst du es gibt das ungerechte
bestaunst es versetzt ihm grinsend einen stoß
arglos weiterstreunend hast du bald abgestreift
was soeben noch übel dir wollte und genießt

im aufklappen eines buchs das unmittelbare
ergründest bilder wie bloß ein kind es kann
was könnt ich aus der ferne dir zurufen jetzt

nimm dir wie ich es tat dies mit in die jahre
verse von brodsky denk sie laut und dann
soll dein feind nur lachen du lächelst zuletzt

erklär mir keiner das landleben
stacheldrahtzäune gab es und
bauern auf der jagd nach fußbällen
unter den reifen ihrer traktoren
zerplatzen träume eine jugend lang
inspizierte ich mehr kaulquappen als
mädchen krötenaugen umrundeten
meine lippen wenn der mond ins
regenwasser sprang und eins wurde
mit meinem gesicht nachts lag ich
im zittergras die sterne zu zählen
lediglich geröll flimmert heute dort
oben selbst im hintersten winkel
wissen telefone über alles bescheid
werden befindlichkeiten global
schwärmt der phrasenteufel von
welthaltigkeit da stehe ich nun
in dummgeschwätzter zeit
über mir nur wolkenbatzen die
zur befürchtung sich verdichten
schwarz wird mir vor augen
vom nahen dorf glockenstimmen
im bannkreis der kröte rieselt
eine dichterin mir in den sinn und
vergils achte ekloge freilich schön
könnten carmina den mond auch
wieder an den himmel locken

lesbia war mir die liebste von allen ich lernte
sie kennen auf einer fahrt durchs brixental
    schmuddelig das coupé
in dem die heizung kaum wärmte
einer der fahrgäste schimpfte laut skandal
draußen verkroch sich das land unterm schnee

was aber sollten mir kompagnons und winter
wo mich doch der mund dieser frau auflas
    glück in meinen händen
das buch ich verschwand dahinter
bis ich nur noch der verruchten gegenübersaß
und erkannte diese amour fou würde übel enden

keiner verliebt sich ungestraft ins unerreichbare
dennoch nahm mich der wahnwitz ins gebet
    fing ich an sie anzulachen
auf dass meine zunge antwort erfahre
weil dereinst ja kein hahn mehr nach mir kräht
ihr kuss würde meine lippen unsterblich machen

nein catull so hast du nicht ausgesehen
wie es mir diese büste vortäuschen will
ich frage mich oft was ist dir geschehen
höre die wellen anschlagen lohnend still

ist es in nach dir benannten grotten nun
derweil ich rausschau auf den schimmer
des lago di garda um es dir gleichzutun
stehe ich plötzlich mitten im gewimmer

jener die dein frühes ableben beklagen
nur sie wissen wie der tod dich fischte
vielleicht in dunkler passage erschlagen
wo dich einer mit seiner frau erwischte

oder in einer fernen provinz verscharrt
wir kennen weder zeitpunkt noch ort
und ich werde von luftbildern genarrt
doch von heut auf morgen warst du fort

geblieben sind deine küsse dein gedicht
dein spiel mit masken burschikose zoten
habe zwar kein bild von deinem gesicht
aber spreche hier nicht mit einem toten

manus manum lavat wer sagt latein
sei von gestern der ist ein mensch
mit zugeknöpften taschen
epicharmos lacht auch seneca

die verkürbissung geht in die nächste
runde abseits aller plagiatsdebatten
nehmt doch nehmt solang ihr gebt
selbst goethe flüstert uns ins ohr

hand wird nur von hand gewaschen
der dichtergott muss es ja wissen
te deum laudamus singen wir

und so ich dir und wie du mir
epicharmos lacht auch seneca
mit blick auf unsre prallen taschen

wer zieht an der spülung die
uns hinabschwemmt von einer
wiederholung in die nächste
ein patrizier am esquilin

verfüttert menschen an muränen
indes ein paar villen weiter
die dichter palavern

im garten des maecenas
lediglich ein absatz im roman
der von uns spricht gezeichnet
als stipendiumsantrag quis ille

vom himmel ist noch kein nazi gefallen
und prediger gab es zu allen zeiten
so in etwa funktioniert geschichte
wo eine kanzel da ein ziel

der unverstand findet immerzu vasallen
die einem anstifter den weg bereiten
dazu beständig aktuelle berichte
wie es der torheit seit je gefiel

die agitation will ihre minister bestallen
und sie besolden mit wichtigkeiten
schon agieren die schnellgerichte
einer muss weg ist zu viel

vom himmel ist noch kein scherge gefallen
und dummheit gab es zu allen zeiten
ich setz dagegen meine gedichte
keine kanzel aber ein ziel

natürlich bleiben wir dummköpfe allesamt
auch wenn wir eifrig unsren nabokov lesen
in strandkörbe gefläzt den proust in der hand
wie wäre der sommer wohl ohne ihn gewesen
was ist schon dabei ihn beschissen zu finden
den urlaub meinte ich an wen dachtest du
an einen künstler einen tauben einen blinden
beide kanonisiert wer gibt ihnen die ewige ruh
die sie nötig hätten vor den strengen polizisten
die apodiktisch einordnen was groß ist was tand
wir sind ja vieles aber keineswegs kunstverächter
arbeiten uns ab an salbungsvoll erstellten listen
und so bleiben wir halt dummköpfe allesamt
proust wird dadurch um keinen deut schlechter

so tief können die wolken nicht stehen
als dass wir nicht aus ihnen stürzten mit
gebraus die grausamkeit raubt uns den

schlaf reicht dabei nur den staffelstab
weiter die tränendrüsen kalibriert auch
das zwerchfell im sollbereich so sind wir

zielscheibe und heckenschütze in einem
aber was rede ich von terrorbedecktem
himmel jetzt bei zartem frühlingsgeläut

und kaum wahrnehmbarer wärme trotzt
der geschäftssinn dem morgenfrost gibt
sich hemdsärmelig aus erfahrung rudeln

die pawlow'schen hunde sich zum glück
hechelnde zungen in der vereisten stadt
schokolademousse vanille und maracuja

compañero gut zehn jahre nach deinem tod
holst du mich aus dem schlaf mit einer frage
willst mal wieder plaudern von chaot zu chaot
möchtest wissen was da ablaufe heutzutage

krank ist es geblieben unser lieb welteneck
und die minister evaluieren gesundungspläne
dem einen die maden dem andren der speck
wer nichts zu beißen hat braucht keine zähne

dafür gibts fernsehköche noch und nöcher
zur besten sendezeit nur geliehener glanz
debatten über sternchen und finanzlöcher
gar manche berufen sich auf gott als instanz

nichts neues also selbstredend atmen viele
immer noch die wut als einzigen lebensstoff
doch die frustration hat jetzt letale ventile
wir hatten punk die haben die kalaschnikow

gehen hilft wussten sie schon in athen
aber von dort hört man ohnedies täglich
und wäre zeus nicht so weibstoll gewesen

hätt die valuta bloß einen anderen namen
das klingt nach kalauer und sagt sich zu
leicht und leichter ist es nur im stechschritt

zu laufen mit dem eingedrillten vokabular
und scharrender hufe potenz zu bezeugen
anstatt das eigene denken zu rhythmisieren

und somit die richtung in die es jetzt geht
doch müsste man kein peripatetiker sein
bräuchte vom mythos nichts zu wissen um

mit blick auf einen geldschein sich zu fragen
wer ist schöne europa du an locken reiche
am ende der stier und wer der gehörnte

archilochos alter grieche ich zoll dir respekt
nach strich gebürstetes erhielt von dir tritte
hast deiner zeit die faust entgegengereckt
von den fingern sah sie nur den in der mitte
nun schau mich an den zahmen epigonen

bin zweifelsohne einer der übelsten sorte
meine verslein zu lesen kann kaum lohnen
nichts findet man dort aus der zeitgeistretorte
wie rätst du mir aufzumucken gegen das pack

der inneren kritiker denen bin ich suspekt
wie? erstmal die hände aus dem hosensack
archilochos alter grieche ich zoll dir respekt

auch die pornohefte sind aus den regalen
verschwunden er habe noch ein paar vergilbte
hinten im laden erklärt er mir und klagt sein
leid er sei der letzte hier in diesem stadtviertel
ein paar bildungsbürger kauften ab und an

accessoires er klemmt sich eine zeitung unter
die achsel sein schnurrbart zuckt hilflos indes
er wieder nach seinem handy greift und ich
an dich denke die vielen displays die ich schon
zerkratzte und dass ich dich nach wie vor nie

aufs erste erreiche wenn ich anrufe erfüllt mich
mit genugtuung unversehens ob er nun hinten
nachsehen solle will er antwort und wäre mir
sein blick nicht plötzlich so sonderbar vertraut
ich wüsste mit bestimmtheit nein zu sagen

bocksteif aufgewacht in livorno centrale
höre ich das könne doch jedem passieren
und bekomme einen espresso serviert
vor gut zwölf stunden ein ticket nach pisa
gelöst und jetzt am tyrrhenischen meer

so könnte ein brief beginnen den ich dir
schon vor einem vierteljahrhundert nicht
schrieb als kommunikationswege länger
sein durften und wir noch glaubten uns
mit worten beeindrucken zu müssen wir

sahen die hafenkräne vom zimmer aus
eine lausige pension in einer gebrochenen
stadt voll der hässlichen neubauten die
von luftangriffen erzählten während wir
mehrmals am tag miteinander schliefen

und geschichte wurden die abgehakt ist
gleichwohl sie nie endet und stehe bloß am
meidlinger bahnhof vor der anzeige mit den
fernzügen die mich zu dir fahren und die
bombardements gehen andernorts weiter

so schnell kann es gehen strabon mit einem mal
steh ich vor dir gestern erst will mir scheinen
bin ich auf langeoog gewesen landkreis
wittmund niedersachsen damals noch
in klammern BRD dir gegenüber
sind details angemessen in geografie

war ich nie eine leuchte aber bewunderte stets
die fabulierkunst in der eine welt anhebt
wie nur worte sie entfalten in ihnen verkürzen
sich raum und zeit werden grenzen
von anderen überlagert und was ist schon
lange her irgendeiner deiner vorfahren

ritt mit alexander einer der meinen mit eugen
abzählbar die generationen und die erde ist
eine scheibe einen zeilensprung weiter
lacht störtebeker uns ins gesicht im wind
vor langeoog kannst du ihn sehen wie ich
den desperaten legionär im teutoburger wald

auf zerfranster markise la vita
  la passione die parole läuft
    ins leere leben ist hart hier aber
  immerhin dem meer zugewandt
mit fahrstühlen hinauf in die
  höhergelegenen stadtetagen ein
    blick auf die ligurische küste und
  dann von ausgelassenheit hinter

schäbige fassaden ins licht geführt
  palazzi wie florenz sie nicht kennt
    in der größten altstadt europas
  auf dem mercato orientale keine
kameras derer viele vor der casa
  di cristoforo colombo der nie dort
    wohnte doch kurz die fantasie auf
  kuba würde man heute italienisch

sprechen ob er armenier war oder
  schotte alles seichte spekulation
    ein sturschädel und erzkatholisch
  ein tiroler demnach jedenfalls steht
isabellas tochter neben ihrem vater
  in der hofkirche zu innsbruck der
    kellner kurbelt die markise zurück
  dunkel ist es geworden in genua

nach lentini hinein die hitze bäckt steine
und wir stehen im stau kein sujet fürs sonett
du jedoch sagst nur knapp jedem das seine
hier also grub giacomo der lyrik ein bett
für den vierzehnzeiligen fluss der gedanken
meine indes mäandern ungehemmter zu dir
und halten sich ungern an metrische schranken
machen mich verstechnisch ziemlich stier
so gesehen bescherst du mir eine riesenpleite
heiß mich aber einen könig der bankrotteure
pfeif auf allegorischen firlefanz an deiner seite
wir parken den wagen vertreten uns die beine
küssen uns schamlos in den blick der flaneure
und erweisen giacomo die ehre jedem das seine

jedem das seine und
es gibt kein entrinnen soeben noch
von hingebung gesprochen und schon
    vorm tor von buchenwald
        landsergraue ahnen viel zu
            vertraut ihre stimmen

hörten sich gut an und
wirkten ungebrochen soeben noch
im schützengraben verdrossen und schon
    in den nachkriegsstuben was
        kaputt geschossen bläht im
            wiederaufbau ihre fahnen

ich schaue dich an und
sie kommen angekrochen soeben noch
jung sehe ich uns plötzlich alt und schon
    gleichen wir ihnen aufs haar
        mir wird in deinen armen
            ich gestehs jählings kalt

für michael graubart

abends eisiger wind aber
keine weiher und vögel
fortgezogen oder nie da
im londoner südwesten

bin ich unterwegs zu einem
verjagt aus herkunft und
sprache was uns jedoch
eint ist ein gedicht
under a dome of thorns

sage ich o my brother mein
englisch lässt zu wünschen
übrig und ich biege ein
in die laitwood road weiße

mauern klingen mir verslang
in den ohren echoen noch
als ich vor ihm stehe nur
ein lied in seinem œuvre
trägt einen deutschen titel:

Untergang (words by Trakl)

viel zu fern von vorstadt und föhn
kann amsel nicht von fink unterscheiden
und für wortfarben hab ich kein gespür
einen wie mich würdest du schneiden

in der stehbierhalle die es nicht mehr gibt
hör ich dich über einen klassiker lästern
und fall wie so oft meiner zeit aus der tür
übern marktgraben hinein in dein gestern

die wahrnehmung vollgepumpt mit chemie
nervlich zerrüttet föhnverblasen vom bier
scheint es mir mit einem mal geboten

rauszulatschen in die verfluchte peripherie
vorbei an einem park benannt nach dir
im dollinger auf dich ein glas vom roten

dich frau im mini schickt ich weiß nicht wer
und mit autos kenn ich mich nicht aus bin auch
sonst für nichts ein experte ein büchermensch
für die außenwelt blind unerheblich ob wir
einander nun küssen oder uns nie wiedersehen
zukunft heißt tabula rasa auch ohne uns selbst
wenn pflichten verneinen es gibt kein unglück
las ich bei einem russen keinen tod und kein
leben nur ein fest schöner wagen sage ich
und geländetauglich auf die reifen zeigend du
hebst die braue dich schickt du sagst mir wer
ein zufall ein famoser und fährst davon egal
in wen man sich verschaut auf dem karussell
eines tages der blick ist danach ein anderer

fällt im april schnee tut er nicht weh
und wäre ich fünfzehn schickte ich dir
dämliche lieder simpel sind die
refrains die das verlangen absingt

einberufen in floskeln stehe ich vor dir
nervös bis ins knie die hände in
den hosentaschen und doch rudernd
mit den armen ein sprachloses paar

sind anfang wie ende einer liebe
und sprachlos ist immer das falsche
wort wenn gewünschtes nicht über
die lippen kommen will sehe

deinen mund er formt die sehnsucht
auf einen wetterumschwung und
nicke belämmert dankbar für deine
hoffnung die mich zum schweigen bringt

bin so mir selbst ausgeliefert in deiner nähe aus
der du mich entlässt von einer sekunde auf die
andere wechselt mein gesicht vor deinen hundert

gesichtern ist in ihm zu lesen was du schauend ins
schweigen rettest oder hinauslachst in die abende
die einem rondo gleichen aus den wänden atmen

akkorde fassen sich zu sehnsuchtsgesten indessen
du dich in die gegenstände singst die unversehens
mich bewohnen in küche schlafzimmer und bad

pendle ich dir nach als wärst du eine schaukel aus
grünen tagen ein vergessenes taumeln und luft
die trägt im steigen im fallen sprechen die dinge

mich an in zeilen wie diesen so bleiben wir uns
im wort und jedes das mir durch den kopf geht
liest mich auf hat da capo al fine deinen namen

wie alles wiederkehrt auch abseits der mode
die ängste die wünsche das inwendige joch
bearbeiten das hirn nach bewährter methode
einmal raucher immer trinker heißt es doch
gestern tanzrhythmen heute scherbenklang
aufs neue beginnt das erbärmliche lavieren
die liebe die hoffnung der bekannte drang
und die zweifel spielen auf vielen klavieren
unverzüglich erklingt das alte sackgassenlied
was als abgehakt galt wird erneut zum grund
die neugier die sehnsucht der trotzige beat
die durchs leben jagen wie ein läufiger hund
und morgen schon wieder völlig ausgeglichen
die schwermut der hader die knöcherne enge
einer zuversicht in die gegenwart gewichen
der mensch bleibt ewiges kind seiner zwänge

bang als führte jeder schritt ins glück
das schreckhaft ist wie ein dompfaff
tippelt sie aus dem altenheim ihr hut
passend zu bluse und rock das kinn
vorgereckt wartet sie an der hecke
und wer weiß schon welcher film ihr
die wangen strafft vor erregung was
sie sieht einen bahnsteig vielleicht auf
dem die anzahl der frauen und kinder
abnimmt bis nur noch sie dort steht
der ohnmacht nah streifte sie eine
hand sie hebt ruckartig den stock und
in meine richtung ehe sie abdreht hinter
schiebetüren verschwindet einmal die
woche sehe ich sie vom schreibtisch aus
und immer wenn der schwarze wagen
vorfährt befürchte ich jetzt kommt
der heimkehrer zu spät für ihre liebe
auch für beerenstrauch und holunder

dass alles dem tod vorausgeht ist schlechte post
am briefträger liegts nicht so viel lässt sich sagen
wir schlendern über einen alten kinderspielplatz
dich kümmern sie nicht meine blöden sinnfragen

aus den schaukelscharnieren blüht schon der rost
aber du willst hoch hinaus bloß keine halben sachen
der föhn schürft in der sandkiste nach einem schatz
du dirigierst seine arbeit er solle schneller machen

wie einst arnaut daniel türmst du luft auf winde
ein großer dichter war er höre ich mich erklären
nun in wolken zuhaus suche er nach mitbewohnern

was dich nur amüsiert auf dass er dich nicht finde
rasch die hände vors gesicht genug dann der lehren
ein kurzer blick nach oben du willst weiterstromern

und wieder rasten die felder und kein gatter
hielt sie auf sie rasten und rasten augenwärts
im säbelrasseln der kälte geschliffene cutter
die den tagen den weg abschnitten ins herz
in die lunge in alle organe rasten die fluren
und froren ihn ein vom schnabel bis zum sterz
den vogel der im volksmund die glücksuhren
aufzieht er hing ausgependelt in seiner voliere
als wappentier zu wort gekommener lemuren
und deren tiraden aufs vermaledeite ephemere
vom mythos einst gedrillt zu seelengangstern
denen der tod das sprungbrett war zur karriere
verkamen die manen zu nostalgiegespenstern
konsequent allemal waren doch die sommer
hier schon immer ein spuk aus werbefenstern
voll affiger gebärden schaukelte ein frommer
wunsch sich auf die lippen und wurde mitesser
am täglich gereichten teller hurtig klomm er
übern gaumen hinein in die bodenlosen fässer
mit denen sich land und herkunft leerkübelten
und lief abgegriffenen metaphern ins messer
war im wort und somit im eimer dort dübelten
vokale die haken an die das ohr sich hängte
um zu überhören was hinter der zergrübelten
stirn teutonenblechern durchs denken sprengte
marschmusik ein idiom stiefelnder natur
das zum infarkt blies die hirngefäße verengte

auch mein teil soll verloren gehen
im vermeintlich geheimnisvollen
raunen zwischen den zeilen

ist kein bleiben jedes luftige
kreisen um die eigene achse
versetzt in tückischen taumel

soll doch sollen die anderen
außer acht lassen will ich mich
vor meiner unleserlichen schrift

nichts mehr gefällt mir muss
mich auf den weg machen
andere sprache anderes land

passage d'enfer

für stefan g.

donne-moi une seconde
sagt sie seltsam vertraut ihre
brauen hüpfen hinterm schalter

mir weicht die nacht aus den augen
war lange nicht mehr hier und
doch nie fort rede ich mir ein
während sie auf den drucker weist
dem ich die wartezeit danke bald
die tickets in der hand schlendre
ich vorbei an maschinenpistolen

deren träger karikaturen gleichen und
mich zum schläfer machen man kommt
immer das erste mal an bei sich selbst
vielleicht nie in dieser schleuse
für die bewohner der bannmeilen
ich trete aus der gare du nord
die sonne fegt mir übers

gesicht als gäbe es kein
morgen und unversehens lust
vormittags champagner zu saufen

egal auf welchem boulevard
kommt mir die einsicht endlich
fern der heimat der rempler weiß ich

nicht wohin mit den armen sie
schlenkern hinein ins morgendliche
paris arg unbeschwert als wäre ich
verliebt soll mir nichts schlimmeres
zustoßen denke ich noch da
pufft mich von hinten einer an
ich begreife sofort ein landsmann

kann das nicht sein der herr
entschuldigt sich ich blicke ihm
nach eine weile in seiner aktentasche
schaukeln die täglichen pflichten
in den untergrund mit der liebe
ist es erst mal vorbei meine arme
nicht mehr ganz so dynamisch ich

lege die hände an die
hosennaht anzeichen von
heimweh erkenne ich darin nicht

reißen das gekröse raus
vorm palais de tokyo das sei
eine ziemlich gute gegend hier

höre ich eine amerikanerin faseln
sehe die metzger feilschen bei der
princess of wales ist die blonde nun
ich lasse mich wegtreiben und tiefer
in die gerüche saftige farben rufen
die kindheit mir wach und das
gekreische der schweine wenn sie

vor den schussapparaten zuckten
zurückgequatscht auf den marché
amerikanischer slang drängt an mir
vorbei zum nahen pont de l'alma
ich taumle meinen worten nach
als kriegten nur sie mich zu fassen
vor so viel gegenwart auf einmal

schaue ich zu boden und
stolpere über polierte schnürer
hinein ins gelächter des paul nizon

rein in die nächste bar
auf kneipentour seit tagen
heißa lustig ist das poetenleben

wenn es in den köpfen anderer
stattfindet um nüchtern zu bleiben
wurde ich trunken wollte erkunden
wo jene saßen die mir das schreiben
zum steinbruch machten ein blick
in die zeitung lüde eher zu schnaps
wiegt doch die gefahr den verstand

zu verlieren unterm sacré-cœur nicht
schwerer als vorm tiroler marterl
hier jedoch atemfreier lockt was
aus metroschächten nebelt das leben
ich gelange in die innenstadt europas
haltung wird allerorten manifest
schmarotzer möchten tunlichst sich

fernhalten ich sehe vor
banken die bank nicht mehr
und würde so gerne mich setzen

nieder mit der freiheit
schreit der clochard hinter mir
und schaut mir dabei in die augen

in der auslage eines buchladens nahe
der brasserie wo trotzki seine
bauern ins feld trieb um den könig
zu schützen nieder mit der freiheit
ich dreh mich um die schwarzen
stummel in seinem mund
bilden ein groteskes ensemble

mit den meeresspezialitäten die
vorm restaurant vis-à-vis
eisgekühlt der abnehmer harren
er strolche querbeet durch die tage
was solle ihn noch halten ich
ziehe ratlos ein päckchen hervor
liberté toujours formt er und

setzt mir den tag matt
steckt grinsend sich die ihm
offerierte zwischen die lippen

une belle de jour zu finden
ist ja ein kinderspiel in museen
tänzeln sie mit ach und oho vorbei

an deinem blick aufs verruchte henri
hattest es nicht leicht und hättest es
heute noch schwerer aber die zeiten
waren immer prüde davon weiß
schon ovid zu singen die scham
ist stets eine von oben diktierte und
vergiss nicht auch augustus sprach

aus göttlichem mund brabble ich
vor mich hin am brunnenrand sitzend
beiße in einen burger zum bier aus der dose
und betrachte die stirnseite eines
etablissements trash ist alles geworden
triste geschäftemacherei ein wort
des römers dir rasch auf die lippen

sprich es aus vivam
ich werde leben bien merci
lebe hoch henri ich muss weiter

im tournon mit blick
auf die straße wenig los hier
ist anderes licht als vor minuten

auf dem boulevard saint-germain
wo bunte shirts die stunden färbten
durchs glas starre ich hinab
in die dreißigerjahre wer nicht
raucht ist spartaner frauen mit
pelzschalkrägen von den herren
keiner ohne kopfbedeckung da

bestellen sie am nebentisch pernod
und ich mache mich auf den weg
in den jardin du luxembourg
spielzeugboote auf dem teich
als hätten sie die jahrzehnte
überdauert das wasser wird grau
und dann in einer abseitigen allee

soma morgenstern
eingehakt auf letzter runde
joseph roth die schuhbänder offen

dauerregen an der seine
in einer bar die schon bessere
tage gesehen hat an den tischen

ein paar müßiggänger aber vielleicht
will ich es lediglich folgern um mich
weniger solitaire zu fühlen wie sie
hier sagen bestenfalls schwingt ein
bisschen sonne mit an der wand
ein flatscreen federers rückhand
so müsste man schreiben können

wie einer der großen der garçon
bringt oliven zum nächsten bier
sein hemd riecht nach zeit gleicht
somit versen auch abgeknabberte
nägel sind leben was für ein service
ein franzose schneidet grimassen
und grinst an der bildschirmleiste

flirrt nun sein name
der schweizer gewinnt mit
gedichten kann man das nie

wie gehts dir fragst du
und ich murmle ins telefon
den flohmarkt hätt ich hinter mir

andere sehenswürdigkeiten
könnt ich mir in büchern anschauen
die leitung reißt ab und natürlich
ich sollte nicht übermütig sein auch
eselsohren sterben allmählich aus
bin so himmelhoch old fashioned
sonst wäre ich ja in berlin und

nicht an der porte de clignancourt
einen band desnos erworben gestern
noch in der rue de mazarin gewesen
von überall führte ein weg ins lager
über stunden verbiss ich mir worte
um nicht als boche aufzufallen
nicht besonders hätt ich dir sagen

müssen doch das buch
in der hand schliff mir jede
stimmige antwort aus dem sinn

la rue de la vieille lanterne
gibt es nicht mehr aber wer
mag schon wissen wie viele sie

gerade betreten beim abgang zur
métro gebremst von zugefallenem
lächeln aus dem weltvertrauen spricht
eng ist es zwischen businessanzügen
einkaufstaschen und menschen die
luft bratend displays leuchten auf
als vergewisserung des lebens und

ich denke an gérard de nerval
seine letzten schritte in eine straße
die nur noch in worten existiert
un suicide par strangulation notierte
der ermittelnde kommissar vor mir
ein mann mit schwarzumwölkten
augen er sieht mich fragend an

ich bin der andere sage ich
und seine blicke frischen auf
endlich fährt die u-bahn wieder an

braun die bananen in den
steigen täglich steh ich davor
unweit der plastik die hemingway

begaffte als er schrieb bonjour
und hinein ins geschäft dumpfe
beleuchtung abgeblätterte regale
nach pistazien greife ich streugut für
einen plausch an der kasse übers
globalste aller themen mal lacht
die sonne mal weint sie au revoir

draußen packt mich lichtscheu
unterirdisch durch die stunden
zur butte montmartre rausgespült
steht mir nach stufen nicht das leben
hey van gogh und ihr andren dank
für euer verständnis folgt gesäten
schalen zu den braunen bananen

täglich treibt es mich vor
die steigen für einen einzigen
blick aus maghrebinischen augen

malika wir lachten
über hurensöhne und uns
die stunden heller unterdessen

fassaden sich einem nächtlichen
anstrich hingaben uns einluden
es ihnen gleichzutun erfuhr ich
nichts von deinen ängsten und
verschwieg dir die meinen so
lebten wir mögliches in wessen
gedanken wir ins bett sprangen

spielt keine rolle unstillbar ist
was uns verschlingt ob in
algier paris oder wien und
was soll einen schon retten
wir wussten es und hielten
entschlossen inne in einem
verlangen das immerhin ein

paar phrasen einschenkte
über hurensöhne wir lachten
malika hilfloser waren wir wohl nie

godot eine frau bon
so pubertär bin ich nicht
dessen ungeachtet für jeden

unsinn zu haben das leben ist
ohnedies absurder wenn es
einem sinn folgt die concierge
geizt nicht mit rouge auf den
wangen und lässt ihren mann
am besen hängen schätze er doch
blätter mehr als menschen herbst

ist es demnach geworden und
vielleicht ähnelt das glück den
tränen die du unvergänglich
nanntest für jeden der aufhört
glücklich zu sein fängt eine
andere an und verzeih meister
nun werde ich naseweis an

deinem grab es reicht
verliebt zu sein in die liebe
und zu warten um zu bleiben

in der passage d'enfer
lief ich der stadt ins messer
und einem mythos zu erliegen

soll mir passieren am montparnasse
mit einem dichter gepichelt einen
anderen verkatert am friedhof besucht
in einer seitenstraße eine bleibe
gefunden mit einer berberin
den abend zerlegt bis kein wort
mehr aufs nächste passte und

eine abgehalfterte transe über
unsren tisch knallte sie roch
nach fusel und wieherte ein lied
fern der künstlercafés und galerien
wo ist das leben hörte ich rufen
ein streuner im mantel warf
lachend den kopf in den nacken

in der passage d'enfer
die fensterläden wie buchdeckel
über nicht geschriebenen biografien

kann das gras riechen
das grüne trapez mit den drei
büschen wirkt wie eine persiflage

auf großstadtträume die kapuzen
über den köpfen hocken sie kiffen
den himmel sich höher ihr
zungenschlag so rau wie meiner ich
komme übers pidgin-französisch
kaum raus wolle nach passy und
wie erklären dass es mir um eine

ahnung vom schluff geht durch den
balzac vor gläubigern floh jeder satz
macht mich fremd unter fremden
und wer braucht noch literatur eine
abgebrannte welt aus eitlen zeichen
es war freilich nie anders angesichts
grüner trapeze interessant nach

passy also sagt einer reicht
die tüte an mich weiter diese
begegnung in der nase tagelang

nie eine schönere frau
gesehen als diesen mann dort
im sechzehnten arrondissement

mumpitz und wer könnte schönheit
definieren ich amüsiere mich
im bois de boulogne mit la belle
über die blauen geht es doch immer
um elfer spoiler und titten blenden
wir uns mit gesichertem vokabular
erfüllen wir klischees zu sagen

haben wir uns nichts auch abseits
festgelegter rollen bleiben jede
und jeder für sich nichtssagend
sind uns immer die anderen sie
stakst davon auf der suche nach
einem der mehr als bloß worte
im beutel hat und wirft mir über

die schulter noch zu
ça c'est paris ein fest fürs leben
am straßenstrich nicht zu nennen

an der place des vosges
rasch endet man in den vogesen
oder in charleville an der maas wohin

trakls träume vielleicht flanierten
wieder bin ich bei den dichtern
aus dem poesieversifften schädel
gibt es kein entrinnen ich suche
schatten unter arkaden und sehe
schildmützen strohhüte über trägen
visagen auf flinken beinen kommt

der alltag angerauscht die klapsmühle
in büros und geschäften müdigkeit
spüre ich keine streune durch gassen
aus dem boden wachsen gliedmaßen
menschheitsgeschichte in knochen
dort steht einer auf dem kopf schön
ist es so zu laufen durch den marais

plärrt einer mit wampe
überm shirt hard rock cafe
paris ich gehe gleichgültig weiter

ça va pas paris dein herz
ist eine trommel sie schlägt mich
aus dem takt und dass nicht nur sprache

ein code ist brauchst du mich nicht zu
lehren deine gesten sind rhythmisiert und
selbstverständlich lacht man hier anders
au cœur de la cité laufe ich meine runden
auf der suche nach eigentümlichkeiten
und finde lediglich fugenmasse aus dem
großstadtbrevier ça va pas paris und

wo sind deine nischen eine fahrt mit
der RER sorge für solche erklärte mir
eine parisienne und verabschiedete sich
mit bekannten gebärden in der rue didot
winkt verlaine aus dem hôpital broussais
sein blechernes gelächter treibt mich
über bahnsteige l'aventure s'arrête ici

lese ich auf dem waggon und
quer über die tür gesprüht die frage
est-ce que c'est ici que commence l'enfer

fünfundzwanzig euro
sollten langen für eine fahrt
in die hölle aber wer möchte dort

mit dem taxi aufkreuzen zwischen
ausgebrannten wracks und müllbergen
vor ockerfarbenen silos verbittert über
mein ansinnen einen ort aufzusuchen
von dem andere sich fortträumen und
selbst dabei scheitern schweigst du
aufgewachsen in clichy-sous-bois

knapp sechzehn kilometer entfernt
von der bar in der wir sitzen ich war
neunzehn als ich ein erstes mal vorm
eiffelturm stand du drei jahre jünger
doch es trennen uns mehr als zahlen
von wohlstandsneugier sprachst du
und ob ich fotos machen wolle auf

meine bitte mich zu
begleiten in deine kindheit
sagtest du in dich gekehrt ta gueule

es ist die fernbedienung
die mich erdet am ende eines
tages der nur mit frühstück begann

so einfach ist alles wenn es anfängt
schwierig zu werden in einem hotel
zimmer mit kamin und plastikflamme
lässt einen die fantasie nicht
mehr im stich als anderswo ich
langweile mich bald an den filmen
die mein hirn abspult und glotze

mir die augen müde am
plunder der la france bewegt
kein hartz iv und trotzdem
altbekanntes für talente die
keiner braucht verlieb-dich-cluster
schwatzshows dutzendgesichter
mit erprobter mimik auf was auch

immer spezialisiert
die stimmfänger gleichen
den unsrigen auf blech und haar

banlieue bleibt bannmeile
das ist so sicher wie der abgrund
zwischen formidable und fort minable

wer nicht am ast sägt auf dem er sitzt
hat es längst aufgegeben zu verstehen
dass es nichts zu verstehen gibt außer
der entdeckung des eigenen munds
bleibt wenig was uns ausmacht
nur ein koffer voll schmutzwäsche
als schnöde mitgift des daseins

bammelt mir an der hand jetzt am
nordbahnhof vorbei an einem rudel
stricher um zigaretten angeschnorrt
suche ich nach einem schalter im
kopf schleusen in sonnige tage
bist ein schalk jubelte eine als
ich erklärte von ihrem laden aus

sähe ich den schreibtisch
eines nobelpreisträgers espiègle
lachte sie und das ist mir neubeginn

ein loblied auf die laterne

wisch mirn hintern eulenspiegel dein
name lässt sich auch anders ableiten
ein schelm bist du und ich dein kind
wer nun schlechtes dabei denkt
soll uns den buckel runterrutschen

der esel dort der hat zwei rücken
wir reiten auf ihm nach rotterdam
um der torheit futter zu geben das
grautier wird erst golden uns wenn
wahrheiten ihm ausm anus flutschen

seht nur was da dampft und dampft
die redensart ist euch doch bekannt
o spieglein spieglein an der wand
da dampft was an ohne narrenkappe
der saure drops ist noch zu lutschen

glück zum gruße ihr da draußen
aus okzitanien komm ich grad rauf
war beim prahlhans mit den dicken eiern
seines zeichens der erste trobador
wollte ihm berichten von unsrer zeit
aber es packte mich derart das grausen
aus okzitanien komm ich grad rauf
und wir verlegten uns flink aufs feiern
bald schon brummten wir im chor
glück zum gruße ihr da draußen
ich denk ihr wisst zulänglich bescheid
es packte mich also derart das grausen
vorm prahlhans mit den dicken eiern
als ich berichten wollt von unsrer zeit
entschuldigt dass ich den faden verlor
glück zum gruße ihr da draußen
ich sprach dann doch von unsrer zeit
aus okzitanien komm ich grad rauf
typen wie er seien out ließ er mich leiern
ein prahlhans sei ich seine antwort drauf
vor mir packe eher meine zeit das grausen
gluckste mit dicken eiern bei gelegenheit
seines zeichens der erste trobador
und meinte das müsse man doch feiern
glück zum gruße ihr da draußen
aus okzitanien komm ich grad rauf

steig zu mir ins bett eleonore ich mag
deinen namen lieber als dein gesicht
aber du kannst meines auch nicht leiden
so gerecht ist das leben nur im gedicht

dass wir uns treffen am nimmerleinstag
war vorbereitet von traditionslanger hand
es ließ sich schlechterdings nicht vermeiden
was macht löwenherz was hans ohne land

bereiten deine bälger dir etwa kummer
ich frag pro forma hast mich durchschaut
herrje eleonore bist eine verdammt sture

nichts wird es mit einer raschen nummer
so geht es einem der auf überliefertes baut
nun denn ade du königin der troubadoure

eine option bleibt immer
hast du nichts zu verlieren
was dir nicht weiterhilft

sind siege in der nachspielzeit
oder verse aus fernen tagen
in der liebe ist gut wohnen

solange mieten nicht steigen
unter den brücken der stadt
kein platz mehr für zwei

aber du willst das nicht hören
und wer möchts mir verübeln
im gepäck habe ich steine

aus der villa des horaz vor jahren
geklaut in den sabiner bergen
soeben fiel das entscheidende tor

dies etüdchen pfeif ich dir fette stadt
die du deinen schwestern gleichst
bis auf den milchschaum im glas
wohin ich mich auch verdreh
an einem europäischen abend
was für eine triste sottise
muss ich nazifrisuren erblicken

das tut weh fette stadt muss es sagen
was auf köpfen und nie draus
verschwand flugzeuge siegerflieger
wohin ich mich auch verschau
an einem europäischen abend
seh ich sie wider die krise
auf großleinwänden kicken

fette stadt nun hab ichs begriffen
croissants et kirkenses plunder
aus der bildungsmiefigen kiste
wohin ich mich auch versumper
an einem europäischen abend
lautet die glücksdevise
fressen fan sein und ficken

mein kopf ist eine geisterbahn
da schwingt frau tod den säbel
und ihr gemahl der senserich
tritt auf als konkubine

ich zeug mit ihm die monsterchen
begleiter durch die tage
die sense fürcht ich halte ich
dabei in eignen händen

so säbeln wir uns eben durch
aus nächten werden spiegel
die zeigen uns recht nackiglich
im akt mit kannibalen da

fliegt die tür auf zum abteil
die lust ist meine schaffnerin
und ich erblick was wesentlich
des meisters draculinchen

morgens raus und vorbei an den luschen
die hadern doch mit dem leben immerzu
glotzen dich an und treten schon leiser

wie können die nur so armselig kuschen
rumlaufen als hätten sie steine im schuh
du aber bist härter schneller auch weiser

verstehst es dich mit dir selbst zu pushen
jeder tag ein zylinder das kaninchen du
herausgezaubert als seltsamer verwaiser

wer wollte dir in die ich-reviere pfuschen
ganz kind deiner zeit kommst du zur ruh
ebnen abends deinen tonus tranquilizer

die nacht ist ein fass

du ihr fehlender boden
so fällt es sich leichter
durch traumlosen schlaf
wessen bruder der ist
muss dich nicht sorgen
wenn sich jeder sekunde ein
morgen entpuppt muss
der tod ein gestriger sein
schlaf jetzt schlaf fall
durch traumlose stunden
bist du wieder erwacht
bring dich ein ins spiel
als wärst du vorhanden
so machens die anderen
auch der tag ist ein fass
boden sind sie ihm nicht

fuchs ich hab dich nicht vergessen
in berlin schleich ich grad rum
nacht im schädel hab gesoffen
mein hirn ein kolophonium
die meise spielt die erste geige
ist mir vergil und talisman
links wie rechts nur bleiche fressen
begleiten mein nomadentum
dante grinst hab nichts zu hoffen
wo gehts zum columbiadamm
folg dem rat dass ich abzweige
nach neukölln mal hier entlang
hab mich verlaufen sags ganz offen
tschinellen jetzt im zerebrum
zigeunertrommeln fetter klang
ihr lied trink ich und bis zur neige
fuchs ich hab dich nicht vergessen
stimm ihn an deinen pennergesang

ein würschtl brauch ich jetzt
bin schon halb am verhungern
vom strawanzen arg abgehetzt
gerädert vom herumlungern

sagt ruhig mir mangelts an licht
nennt mich einen taugenichts
ein habenichts bin ich nicht
hab den epicurus fürs nichts

kurz non fui non sum non curo
ich war nicht bin nicht mir egal
mein credo am grabstein nur o
wahrlich lieber würd ich mal

schwofen auf himmelsplanken
spielte mit engeln gerne karten
aber was sind das für gedanken
verzieh dich tod musst warten

mich hungert heftig will fiedeln
vor ihrer bude tag und jahr sie
riecht so heimelig nach zwiebeln
nein eine hübschere sah ich nie

auf ein schwätzchen rasch schätzchen
hörst du das minus fauchen wir leben
im diminutiv und werden bald uns

gar nicht mehr brauchen die chronik
speichert halt was zwischen uns lief
aber frisch an die maus schätzchen

bestell dir einen neuen frei haus
gleich ein ersatzteil dazu ob dildo
pralinen oder blumenstrauß alles

wird geliefert in der amour new
über stelldicheins sind wir doch raus
waren schon affektiert diese gesten

und blicke in bars wir haben sie mit
uns subtrahiert was heulst du denn
schätzchen ein scherzchen nur wars

lass uns lieber miteinander schlafen
anstatt zukunftsprobleme zu wälzen
wenn man keinen mehr hochkriegt

verliert ohnehin alles an wichtigkeit
erfuhr ich neulich in den memoiren
eines schwanzes und weiß auch nicht

warum mir das jetzt schießt muss an
den medien liegen oder an jenen die
skandieren nous sommes voltaire

denkst du sie haben juvenal gelesen
oder den poeta mentulatus etwa gar
je bande rufe ich jedem spötter zu

und ins fenster stelle ich die rute nun
schau nicht so entrüstet ich sagte ja
miteinander zu schlafen ist besser

ich traue meinen augen nur noch selten
auf meine ohren war bestimmt nie verlass
von den worten lasse ich keines gelten
kalte zeichen sind sie von liebe und hass

baby sage ich benenne damit meine alte
schatz ruft sie meint damit mich flegel
fraglos dass sich die sprache uns krallte
so verwalten wir uns nach gültiger regel

der penis ist nicht der noblere schwanz
lange führten lettern mich hinters licht
jeglicher stil ist bloßer mummenschanz
ob in sonntagsreden oder im gedicht

mal weiberheld mal gegenderter mann
welches wort ist rund welches eckig
die alte und ihr flegel als zeitgespann
sie reden schön und treiben es dreckig

oha sockenschuss unter grünen linden
flausen im kopf werden alt und kälter
was solls das ist kein anlass zur sorge
mir leuchtet oft was ein und nachhaus

mag auch nicht lang mit euch anbinden
kurzum: will einer stolpern so fällt er
dass ers sich wieder mit sinn besorge
sich sonne sich aale im eignen applaus?

ei natürlich ist jeder tag ein kraftmeier
definieren hippe ratgeber wie wir sind
ach ihr leutchen habt mich doch gerne

ich habs so satt das esoterische geseier
schenk ein arthur meinetwegen absinth
und hernach ein loblied auf die laterne

ein trinklied wollt ihr ja warum denn nicht
hab längst um lieb und ehr mich gesoffen
nur der wein hält was er verspricht
das ist nun mal so und macht betroffen

euch mehr als mich hört bloß auf zu lachen
wenn es erst vorbei ist mit den schwüren
die triebe bald zum sex im urlaub verflachen
öffnen öden seitensprüngen sich die türen

her mit der nachbarin her mit dem kollegen
und das alltägliche gerät behände ins wanken
noch begradigen eure kinder den haussegen
doch haben auch die irgendwann abzudanken

und raus aus dem verkorksten dasein der alten
beginnen sie flugs von liebe zu schwätzen
ihres glücks gewiss o sie könntens verwalten
würd nicht das leben sein messerchen wetzen

um zu durchtrennen was ein zufall verband
das fremdgehen paradiert daher aufs neue
so verspringt jeder auf seine art den verstand
und klar schnappt mich ab und zu die reue

wenn ich dann bußfertig vor mich hin lalle
nimmt der archipoeta mich in die pflicht
auf dass ich ihm nicht vom glauben abfalle
ein trinklied wollt ihr ja warum denn nicht

schlurfte an mir vorüber zerfranst ihr saum
zigarette im mund kopf zur seite geneigt
schaute mich an einen anderen vielleicht
der vor mir stand angerückt von ihrem ohr

lachte ins telefon gleichsam mich an dabei
kurz irritiert als müsste sie sich überwinden
und ließ sich erneut von der stimme auflesen

aus dem wachtraum geschasst in einen raum
in dem motoren lärmen alles ist vergeigt
was mit tiefen blicken loslegte es entweicht
bleibt mir noch zu rauchen wie sie zuvor

sehe die kringel zerstäuben aus und vorbei
hätt ich je mich aufgemacht eine zu finden
sie wusste zu genau sie wär es gewesen

übers herzeleid in der gebeutelten brust
keinerlei eintrag im atlas der anatomie
hilft ein glas nicht gönn dir ein zweites
weingeist heißt es weitet die arterien

viel pallawatsch um pumpe und frust
hingegen in den alten fibeln der poesie
in den neuen nicht dort nur abgeseihtes
und entkeimte inventare in endlosserien

welcome im saeculum der tomografie
der dichter befundet und selbstbewusst
trink lieber ein drittes vielleicht befreit es
von poetastern atlassen und mysterien

und hör doch der wein bläst zum halali
der internist setzt auf ähnliche kriterien
er findet was aber halt wenig gescheites
übers herzeleid in der gebeutelten brust

weils also den bach jetzt mit mir runtergeht
wird der wunsch nach dem meer unbedingt
hieße dies ja anlangen dafür wärs nie zu spät

will mir einer vorgaukeln der mich ausspinnt
zwirn um faden bin ich ihm nachgelaufen
als hätt es sich um obligatorisches gehandelt

augenblicklich komm ich arg ins schnaufen
mal hier mal dort mit dem leben angebandelt
möcht die schwermut mich grad niederraufen

und schnauzt mich an du genug gesandelt
wie denn begegnen diesem alltagstrübsinn
stiere ich in die zukunft wird mir heut bang

das leben macht uns alle so gleich immerhin
weiß ich nun es gibt niemals einen neuanfang
und wollte ich heim und zurück doch wohin

auch terzinen haben keinen rückwärtsgang

im zweifel für den teufel erinnerst du dich
so zerklüften unsere gesichter im kehrreim der
vergewisserung gelebter gemeinsamkeiten und
im souffleurkasten brütet mnemosyne überm
retardierenden moment füllt fotoalben und
jukeboxen die es einmal gab schon hat die musik
wieder rillen in denen sich der sommer verfängt
und die blicke schlagen aus in südliche sphären
wir befinden uns im vierten akt klassisches drama
die hoffnung trügerisch wie eh und je wir retten
helden die wir nie waren und wäre da nicht dieser
rausch in den gedanken es ließe sich verzichten
auf eine erste gemeinsame erinnerung spätes
glück und die frage wer den vorhang zuzieht
im zweifel für den teufel erinnerst du dich

mephistopheles herr der schwerenöter
faust aufs herz an deinem gängelband
zu hecheln als von dir dressierter köter
drückt mir die einlasskarte in die hand
das werde ich dir ins gedächtnis bellen
wenn meine blicke einfrieren am tag x
soll die nachwelt andere urteile fällen
völlig einerlei nur unser vertrag ist fix
das fehlte mir noch dass sittenprediger
mir posthum mit trara eins auswischen
erfahrungsgemäß ist nichts ungnädiger
als schein den engelszungen auftischen
schlag ein jetzt und ja es passt wer auf
dass ich den kontrakt nicht verschluder
meine liebste würd dir gefallen vollauf
gescheit ist sie und im bett ein luder

mag sein ich verwechsle äpfel mit birnen
aber euch sind diese liedchen eh zu banal
ich besing zu offenkundig ehrbare dirnen
ihr reihert in einem fort den ethikchoral

und klickt euch ins vermeintlich versaute
privatim versteht sich sehr geheimnisfroh
restlos viehisch was sich zusammenbraute
abseits des kanons auf höchstem niveau

klar doch ich verwechsle äpfel mit birnen
und seh mich gespiegelt auf euren stirnen
bin euch zu ähnlich davor feit kein trotz

gratuliere uns herzlich kommt wir wollen
derweilen kinderköpfe andernorts rollen
schützen unsre süßen vorm hotzenplotz

einst fand ich mich an meinen grenzen
heut weiß ich mir ist nicht zu trauen
ein glas zu viel macht mich unmöglich
und nüchternheit hilft auch nicht weiter
die nachbarin kauft hundefutter und
kläfft des nachts wenn sie was hört
der handel setzt auf kleinkaliber
ich setz auf nichts und sei schön blöd
in omas flur ein gendarmenmantel
hält einbrecher fern erklärte sie mir
plötzlich ein knall weiß nicht woher
die nachbarsfrau bellt um ihr leben
hätten sie bloß den köter erschossen
denk ich noch und eil ans fenster seh
vermummte klar doch winter schwer
ist es nicht den verstand zu verlieren

ich mag nicht über kastanien dichten
obgleich ich kastanien doch so mag
will sie nicht mit metaphern gewichten
mit triftigem aus dem poetikverschlag

herrje ja ernst und streng sind die äcker
als erklärten sie wie sprache funktioniert
streng auch die kammer der stiefellecker
vor denen sich mein gedicht nicht geniert

ich zieh durchs land es zieht mich runter
in mein abgedroschenes themengebräu
eine geht zugrund ein anderer drunter
beiden ein gruß mein vagantenahoi

und chapeau vor den strengeren richtern
mich friert ich bin vor einsicht ganz starr
schaut her wie meine augen irrlichtern
es zieht vor euch den hut nur ein narr

freunde um es kurz zu machen
ihr wisst wir habens verschissen
was uns folgt wird uns richten
an den phrasen die wir spien

als suchten wir darin erbarmen
wir sind jämmerliche gestalten
mit moralverstopftem rachen
schnattern wir vom gewissen

lassen brav uns dabei ablichten
wir haben uns längst verziehn
vivat wir kuscheln im warmen
was uns folgt hockt im kalten

fremd bin ich eingezogen unter meine haut
so lässt sich das am anschaulichsten sagen
im spiegel das vis-à-vis es bleibt unvertraut
besser so als anders kein grund zu klagen

die pupillen geweitet von sehnsuchtsdrogen
von trugbildern die den winter pulverisieren
der blick hat sich den raum zurechtgebogen
um die tür nicht aus den augen zu verlieren

sitze ich in mir mit dem rücken zur wand
tu so als hätte es sich zwangsläufig ergeben
die koffer griffbereit den pass in der hand

wie ein schlafgänger im körpereigenen haus
keine ahnung was mich treibt so zu leben
ich weiß nur eins: fremd zieh ich wieder aus

freundschaft ist kein großes wort
ist arschtritt denn ein kleines
du misslingst dir selbst an jedem ort
sag ja dazu und mein es
es treibt dich hin es treibt dich her
willst du mit der liebe ins reine
dein treues herz es pocht so schwer
geh mit gott nein besser mit heine
sing lirum larum loreley
auch beckett knüpft dir netze
drum lass uns scheitern einerlei
gern wiederhol ich dir diese sätze
ever tried ever failed no matter
du pass auf es geht noch weiter
try again fail again fail better
sei unerschrocken bleib heiter

ach ja villon da wär noch was
beim alten ist alles geblieben
die hunde bellen zur meute sich
    und kehren als wölfe wieder
wer heute frau und kinder küsst
ist morgen schon ein mörder
wer so sehr auf wahrheit pocht
    der lügt ein bisschen wahrer
da bleib ich lieber galgenstrick
von vornherein berechenbar
auf gute gründe pfeife ich die
    miesen aber nehm ich mit und
such den schnee vom letzten jahr
von dichtertreff zu dichtersuff
auch unsre zunft ändert sich nie
    zu viele missglückte gedichte
zu viele zeilen wie diese
alors mon frère ich sag adieu
je pense que tout est dit

Christoph W. Bauer
mein lieben mein hassen mein mittendrin du
Gedichte
Mit einem Nachwort von Niklas Holzberg
92 Seiten, gebunden mit Schutzumschlag
€ 17.90
ISBN 978-3-85218-697-9

Poesie und Punk, Catull und die Toten Hosen – zwischen diesen nur auf den ersten Blick widersprüchlichen Polen eröffnet Christoph W. Bauer das Feld für seinen neuen Lyrikzyklus. In 37 Gedichten lässt er ein lyrisches Ich alle Phasen einer bezaubernd schönen und traurigen Liebe erleben: Die erste Begegnung, neugieriges Erkunden, Lust und Überschwang, Routine und Brüche, die sich vertiefen zum Trennungshass – das sind die Stationen, die bereits der römische Dichter Catull in einem Stück Weltliteratur erzählt hat: „odi et amo", „ich hasse und ich liebe". Bauer stellt sich der Tradition, unterläuft sie, betreibt ein Spiel mit literarischen Masken. Mühelos setzt er Welten in Verbindung, knüpft an die Überlieferung antiker Poesie ebenso an wie an den legeren Tonfall moderner Popkultur und wechselt ungezwungen die Stimmungen und Tonlagen: Frisch und unkonventionell, ehrlich und voller Selbstironie erzählt er eine Liebesgeschichte – in Gedichten, die sich im besten Sinn zeitgemäß und zugleich quer zum Zeitgeist präsentieren.

„Bauer tanzt, rockt und schwankt, er klettert hoch hinauf in den Poetenhimmel, um in die Abgründe einer vergehenden Liebe zu blicken."
Die Presse, Maja Haderlap

„Subtil und ohne gelehrtes Papiergeraschel spielt Bauer mit dem zeitlosen Erbe erotischer Literatur ..."
Falter, Daniela Strigl

Christoph W. Bauer
In einer Bar unter dem Meer
Erzählungen
232 Seiten, gebunden mit Schutzumschlag
€ 19.90
ISBN 978-3-7099-7088-1

Der Dichter mit dem Schlapphut, der Professor mit dem pissgelben Fahrrad, der Künstler in der pikanten Pose, die Schauspielerin und ihr Traum vom Meer – die Figuren in Christoph W. Bauers Erzählungen mögen auf den ersten Blick verschroben wirken. Dabei sind sie vertrauter, als einem lieb ist: Sie trauern verpassten Chancen nach, verrennen sich in Träume, sind unglücklich in ihren Berufen, sprechen von Treue und wandern von einem Bett ins andere, geben sich kühl und erfahren, im nächsten Moment innig und schmachtend. In den unterschiedlichsten Tonarten sprechen sie an, was wir alle kennen: Einsamkeit, Sehnsucht, Liebe und Verlust.

Temporeich und direkt sind Bauers Geschichten, manchmal kurz und energisch wie ein Punksong, manchmal eigenbrötlerisch und elegisch wie ein Blick aufs Meer. Dabei oft von einer bestechenden Komik und voll plötzlicher Wendungen, die unversehens den Blick öffnen auf eine Wirklichkeit, die uns alle betrifft.

„cool und lakonisch, sanft und leise, schrill und laut"
www.literaturhaus.at, Michaela Schmitz